내 꿈의
방향을
묻는다

국립중앙도서관 출판시도서목록(CIP)

(정지원 시집)내 꿈의 방향을 묻는다 / 정지원 지음.
— 개정판. — 파주 : 문학동네, 2004
  p. ;   cm
ISBN 89-8281-817-0 02810 : ₩7000

811.6-KDC4
895.715-DDC21   CIP2004000783

내 꿈의
방향을
묻는다

정 지 원   시 집

세상과 맞서며 제가 살아 있음을 드러내는
모든 움직임은 가슴 벅차다.
왜 시를 쓸까 묻는다.
나는 서로를 일으켜세우는 힘찬 생명력을 담아내고 싶다고
대답한다.

2003년 6월
정지원

차례

3부

1부

내가 꿈꾸는 세상

내가 꿈꾸는 세상은
꺾이고 갇힌 희망이 터져나오는 땅

흙의 평등
바람의 자유
물의 평화

바라보지 않아도 꽃이 피어나고
기억하지 않아도 잎이 출렁이는 땅

내 꿈의 방향을 묻는다

세상의 모든 것들은
중심을 향해 흐른다
폭포수처럼 산의 정수리에서
차고 맑게 흘러서
비겁과 거짓의 복판을 뚫고 간다
중심을 잃어 어지러운 날
내 피를 보태어 사위어가는
잊혀진 나무와 바람과 새와
희망을 빼앗긴 사람들의 동맥을
다시 뛰게 할 수 있다면

역사의 중심이 어디서 시작되는지
물기둥 뿜어내는 시원을 찾아 걸어갈 때
몸부림칠수록 고통이 헤집고 박혀와
시퍼렇게 질려 생을 마칠지라도
나는 세상의 수많은 폭포수들이
일제히 쏟아지는 장엄한 그 시간을

똑바로 쳐다보며 기다리겠다

꽃이 부르길래

꽃 지는 봄밤을
걸어다녔습니다
애써 떨구려 해도
몹쓸 놈의 마음
당신 쪽으로 먼저 가버리고
접질린 발목 부어오르듯
몸뚱이만 남아 시큰거렸습니다
달빛 따라 복사꽃 떨어지는
마을을 들개처럼 어슬렁 지나
산그림자를 향해 돌팔매질하다
논두렁에 퍼질러 앉아
애기풀 돋는 회복기의 땅을
만져봅니다
당신이 아프면 나도 아프고
먼 데 있어도
말하지 않아도 다 아는 것을
그저 당신께

투둑투둑 심장이 터지는 소리로

꽃들이 핀다고

마지막 인사를 하고 싶었습니다

케테 콜비츠

—치켜든 밥그릇

케테 콜비츠를 만나러 베를린으로 온 날
부서진 교회 앞
느닷없는 소나기 속에
스텐카라진을 연주하는 손풍금 소리가 슬퍼
한 닢의 마르크를 넣으며
그만 숨이 턱턱 막혔습니다

눈먼 평화는 어디에도 보이지 않고
낡은 스웨터 올이 풀리듯 진이 빠져
종탑도 반쯤 깨진 채 서 있습니다

슬픔의 힘으로 스스로 세상의 어머니가 된
케테 콜비츠의 검은 우물 속
바닥이 안 보이는 끝없는 고통들이
자꾸 불러서 여기까지 찾아왔는데

짓뭉개진 목탄빛 얼굴로

빈 밥그릇 쳐드는 아이들 속에
내가 본 퀭한 눈동자가 있었습니다

축축한 지하 셋방에 버려진 채
허기로 가물가물해지는 길고 지친 저녁
푸진 쌀밥을 향한 기대가
매몰찬 단절의 벽에 부딪쳐
비명으로 찢어집니다

진달래

집단의 힘으로
진달래는 핀다

피어 함께 울고
함께 달려나가니

보라
4월 하늘은
찬연한 이 만남을
사랑이라 부르지 않는가

내가 아는 당신

당신을 만난 적이 있습니다 색색의 빛들이 이끄는
숲길에서 당신의 음성이 들려왔습니다
연초록 잎들이 저마다 작은 종소리로 입술을 열 때
나도 당신을 향해 가지를 뻗습니다
당신 눈빛이 닿는 순간 세상은 새롭게 태어나고
함박눈처럼 꽃잎이 날아올라 별들의 이마에 입맞춥
니다
당신은 너무 아프게 이 땅에 머무셨지만 당신 손길이
스미는 곳마다 맑고 따뜻한 평화가 넘쳐흐릅니다
나는 당신께 가고 싶어서 온 마음 열고 노래합니다
당신은 내가 아는 가장 아름다운 분
세상 모든 슬픔 위에 당신 심장을 포개시는 분
당신의 사랑으로 나는 두려울 것이 없습니다

김광석 추억

다시는 그대 노래를 따라 부르지 않기로
노래에 기대어 살아가지 않기로

천천히 고개 들어 바라본 쓸쓸한 저녁
늘 혼자였던 가을도
전부 돌려보내기로 했어

세상의 바닥에서 만난 허무가
그대를 허위허위 잡아끌었나

그대 노래로 겨우 버티고 살았는데
어쩌면 희망의 끝을 다 보아버리면
스르르 놓아버리게 되는 걸까

왜 모든 상처는 부당하게만 느껴지나
늘 말 못 하고 돌아오는 내가
명치가 끊어지는 날마다 듣던 위로도 사라져

방 안 가득 심어놓은 흰 꽃들이 짓이겨지네

왜 오늘 미치게 그리운 걸까
광야에서를 부르는
닿을 수 없는 그대 목소리
만지고 싶어

내게로 꽃나무가 걸어오네

너 잠시 다녀가고
지나간 걸음마다 봄날의 꽃들
너울너울 피어나네
귀한 손님처럼 찾아와준
활짝 피어난 꽃들은 어디서 왔을까
나는 여행의 짐을 풀기도 전에
꽃내음에 끌려 떠날 채비에 바쁘고
네가 봄의 초인종을 눌렀니
연초록 문 열면 쏟아지는
하늘 아래 생글생글 참 예쁜 얼굴들
아무래도 네 안에는
환한 꽃나무가 살고 있어서
필까 말까 망설이는 꽃들에게
어서 나오라고 피리를 불어주나보다
꽃이 꽃의 마음을 미리 보고
사랑이 사랑의 깊이를 알아봐서
크고 작은 노여움과 슬픔쯤은

시냇물 건너듯 건너갈 수 있는 거겠지

진달래야, 목련아, 민들레야, 제비꽃아

네 걸음마다 꽃만이 듣는 노래가 실려 있네

프라하에서 길을 잃다

프라하에서 길을 잃었습니다

손에 쥐고 있던 지도를 놓치기 전에

이미 오래 전 길을 잃었지만

애써 모른 척 걸어왔던 겁니다

생각해보면 언제 길이 있기는 했나요

바츨라프 광장에는 두 젊은 청년의 무덤이

시든 장미 가시관을 쓴 채 엎드려 있고

내 한때 상처라 부르던 시간들도

쓴 침 가득 고여옵니다

저들도 거꾸로 매달려 남들이 다 놓아버린

기억들 사이를 울먹이며 떠돌고 있는지

벗을 수 없는 짐들이 자꾸만 숨통을 조릅니다

달리는 일이 무서워질 때 무참해지나요

나는 아직도 피범벅인 당신의 얼굴을 잊지 못합니다

카를교 아래로 새벽의 푸른 머리칼이 출렁여도

기억합니다 골목골목 밀려나오던 물결을

함부로 추억이라 부르지 않기를

프라하에도 우리 지나온 시간의 살점들이 어지럽습
니다

벙어리장갑 1

두레박처럼 긴 실이 매달린

벙어리장갑 안에서

우리 식구 살았네

엄마는 식모 살러 서울 가고

중학생 언니가 어린 동생들 거두며

아부지 느닷없는 매찜질까지 끄윽끅

쪼그리고 연탄구멍을 이리저리 맞췄네

겨울이 오면 엄마는 자투리 털실로

벙어리장갑 세 켤레를 떴네

주전자물이 기차처럼 칙폭칙폭 끓어오르면

일 주일에 한 번 오는 엄마는

부지런히 뜨개질을 했네 당신 조끼를 풀러

요술처럼 목도리도 뜨고 덧신도 떠주고 갔네

동생과 나 눈뜨고 나면

빈 베개만 반달로 패여 단칸방 비추었네

엄마와 함께 살 수 있다면

손이 얼어터져도 괜찮을 것 같았네

따로 떨어진 엄지손가락 엄마도

우리들 생각에 겨우살이 험하고 길었네

벙어리장갑 2

보일 듯이 보일 듯이 보이지 않는

엄마가 가르쳐준 노래

몇 번이고 불러도 엄마는 오지 않았네

여섯 살 동생 손이 내 손 안으로 파고들고

짠누나 추위 추위 하면서도

버스 정류장에 퍼렇게 떨며 서 있었네

우리 사는 걸 보고 언니네 선생님 울고 가셨네

일등 하는 언니처럼

엄마를 기쁘게 해주고 싶었지만

나 같은 애들을 선생님은 이름도 헷갈려 했네

엄마에게 첫 편지를 쓰던 밤

내 언 발가락을 따스한 발로 비벼주며

이불 속에서 수선화처럼 언니가 웃었네

우리 지원이 글 참 잘 쓰네

그 한마디에 커서 글 쓰는 사람이 될 거야

첫 마음먹었네 노란 알전구 환하게 켜진

꿈의 방 들창 위로 함박눈 송이송이 쏟아졌네

잠든 사이 알록달록 내 벙어리장갑은

저 혼자 신났다고 눈을 굴렸네

뾰족 고드름 조로롱 물구나무설 때까지

그리움

하루 종일 굶다가 늦은 밤 돌아와

허겁지겁 밀어넣는 찬밥덩이처럼

막상 마주하면 목이 메이는 사람

나는 그대를 모르네

어쩌다 그대를 알게 되었나
잘라낼수록 제멋대로 자라나
출렁이는 잎 물결 철철
피투성이 심장을 삼키나

입 열어 꺼내지 못한 말들
끓어올라 뜨거운 손바닥으로 막고
숨막히게 서서 바라만 보네

그대 등을 만지려다 거두고
그대 손을 잡으려다 오그리고
내내 괜찮은 척하다가

후두둑 서럽게 말라버린 이파리
무심히 지나가는 그대 어깨에 닿아도
그대는 여전히 나를 모르네

깨어 있는 날들

엄지손톱만한 잎들을 달고 나오던 봄부터
은행나무에게 동요 불러주며
한참을 그 아래 서서
올려다보았다

저 잎이 다 물들기 전에
내 몸에서 출렁이는 불빛들도
남김없이 날아가버렸으면

이제 그만 놓아줄 때가 되었다
선택은 버리는 거란 걸
겨우 알았다 함부로
사람에게서 위로받으려 하지 말아라
고문 같은 그리움으로 풀벌레들도 아프다

이 다음엔 또 어디일까

봄꽃이 세상을 향해 끝없이 제 몸을 날리고 있습니다
한 생이 꽃 피고 지는 틈새 같아서 가던 길 멈추고
　모멸의 언덕을 홀로 십자가 끌고 오르는 서러운 그
를 생각합니다

　'내가 아플 때 너는 어디 있었느냐
　내가 죽어갈 때 너는 무엇을 하고 있었느냐'
　지치고 슬픈 눈동자를 마주합니다

　화염에 휩싸인 예수탄생 교회처럼 평화가 찢겨진 땅
에는
　희망도 불태워진 채 사라지고 말 것입니다
　인간이 저지르는 살육 속으로 걸어들어가는 뒷모습
을 봅니다
　수많은 목숨이 지듯 꽃들이 하염없이 떨어집니다
　모든 전쟁에는 명분이 없다는 꽃의 전언을 듣습니다

조용순

불어터진 라면가닥같이 가을비 내리면
처음 입은 브라자가 갑갑해서
학교 오자마자 벗어버리던
열네 살 깨곰보 내 짝꿍 생각나네

틈만 나면 〈창 밖의 여자〉를 불러제껴
악, 오빠! 아수라장을 만들던
능청능청 휘어지던 목소리

이름보다 별명으로 통해
선생님들까지 조용순 또 자냐 하던
교복치마 무릎 위까지 돌돌 올려 입은
중2 때 짤린 날나리 기집애

누구는 공고 오빠랑 눈맞아
동두천 어디에서 살림 산다고 하고
누구는 가수 되려고 서울 갔다는

디스코 하난 끝내주는
쌈 잘하고 욕 잘하던 작달막한 정순이

때 절은 포대기에 갓난애 들쳐업고
양손에 딸내미 둘을 어르고 때리며
중랑천 다리 우산도 없이 걷다가
마주치자 기겁하며 얼굴 돌리던
그 옛날 내가 갖고 있던 학급비
몽창 들고 가출했던 기집애

레코드 가게에서 가끔씩 들려오는
오리지널 조용필보다 내게는
더 진짜 같던 다양한 레퍼토리
아직도 흥얼거릴까

동백을 부른다

동백꽃 실핏줄 죄 터진 밤
너를 기다린다

춘설이 녹지 않는 길마다
그림엽서를 놓아두고
나는 그냥 네 눈을 들여다보고 싶었다

꽃시절 멀기만 한데
독한 겨울을 택해 찾아오면서
동백은 또 얼마나 아팠겠니

너를 보듯 잎사귀마다 시린 뺨 비비면
반짝이는 꽃의 눈물이
자꾸만 내 속에 어른거린다

새해에는 우리 꿈꾸는 조약돌처럼 설레이기를
그러다 슬픔이 뒷덜미를 잡아채면

오른손에 들었던 꽃가지

왼손에 옮겨들듯 살아가기를

그때 너를 만나 내 마음의 방도 따뜻하였다

그림값

강요배의 그림을 볼 때마다

내가 부자라면 좋겠다

상상해봅니다 아니면

한 십 년 적금이라도 부으면 어떨까

초록이 뚝뚝 묻어나는 풍경을

내 방에 걸어두고

사소한 일에도 사무치는 날이나

하루가 빚잔치처럼 막막한 날에도

저 그림에 기대어 살아간다면

얼마나 환하고 따뜻할까

잔고 몇만원 남은 통장을 모른 체

그림값을 물어보았지요

아래위를 훑어보더니 좀 비싸요

시큰둥한 목소리에 성질이 나서

뚜벅뚜벅 다시 들어가

그림 속 금강초롱 한 송이 슬쩍 들고 나오는데

나 같은 사람들 실컷 보라고

햇빛 따라 날개를 펴는 잎새들이 참 싱싱했어요

지극한 사랑을 넘치도록 받은 거 같았지요

바닥에 엎드린 꽃

아직은 누구도 꽃을 기다리지 않지만

어느 추운 날 세상의 풀들이 다 고개를 접고

피어나지 않는 생명을 애달파할 때

그 눈물 땅을 적시어

꽃들이 피어나리

채 피기도 전에 버려진 꽃 지워진 꽃

멍든 가슴에서 시들어버린 꽃대궁이

물관부 터질 듯 진초록 핏줄로 팽팽해지고

종신서원을 하듯 바닥에 엎드릴 때

내 아직 화해하지 못한 얼굴들도 찾아가

평화의 인사를 나누리

그때 나는 그대에게 봄을 건네주리

그대 심장에서 눈동자에서

기도하는 손 타고 부드럽게 봉오리 올리는

봄날의 꽃들을 이 세상 가득 풀어놓으리

지금은 그리움을 태울 때 1

가슴이 수세미로 문지른 것처럼

쓰라려 혼자 술 마시다가

머리맡의 전화기를 끌어당겨보지만

이 넓은 세상에

내 말을 들어줄 사람 없다

오늘만 그런 것도 아닌데

내가 네 기억에서 빠져나갔구나

산마다 울컥 단풍잎이 쏟아진다

지금은 그리움을 태울 때 2

혼잣말이 고여서 가을이 오네
너도 한 사람 등에 얼굴을 대고
가만히 안아주고 싶어서
바작바작 잎들을 태웠나

2부

사라진 길을 보았다

사라진 길이 아픈 건 발자국 때문이다
애써 아무렇지 않은 척 건너가다가
마음을 헛디뎌 넘어진 날

나도 모르게 걸음이 먼저 찾아와
볕 잘 드는 그림 속에 머물던
흐르는 길 하나 있기에

길을 가다가 버려진
목소리에 귀를 연 적이 있나
돌아갈 수 없는 것들은 그대로 서서
나무가 되고 풀이 되고
그러다 자꾸자꾸 사무치면 흙이 되겠지

그리움이 맺히고 다져져 길이 된다
어디에도 마음 둘 곳 없어 서러운 날
온통 당신의 발자국 찍힌 나를 보여주고 싶다

봄이 오면 나는

봄이 오면 나는

한 걸음 물러서겠다

곁눈질도 망설임도 욕될까

어둔 길 가쁘게 달려나가다

놓친 손들은 없는지

저만큼 뒤처져

늘어진 어깨로 무너진 세상이라며

꽁초 비벼 끄고 돌아서는

아픈 걸음은 없는지

가만가만 사는 얘기 속으로 들어가

눈물 번진 그 자리에서

기어이 새순 돋는 소리와 만나겠다

반가움에 들뜨기보다

서로 깊게 싸안으면서

겨울을 보내는 마지막 비를 맞겠다

앞장서 홀로 걷기보다

한 걸음 물러서 돌아보면

가슴 가득 봄꽃을 나누며

서로를 부르는 사람의 물결을 만나겠다

삼 년 뒤

적당히 술에 젖은 네가
내 곁에 누워
이 얘기 저 얘기 하다가
혼잣말처럼
삼 년 뒤엔 이 집에 누나 혼자겠네

누구랑 같이 살아도 지금처럼
혼자 살아도 다 외로울 거라고 생각했는데
네 자는 얼굴 보는 나날도
얼마 남지 않았구나 싶으니
가슴이 풀처럼 자꾸만 한쪽으로 쏠린다

사람이 세상에 지은 집은
영원할 수 없어서
모두들 빈집처럼 살아가고

누나가 외롭지 않았으면 좋겠어

네 낮은 음성이 내 방에 머문다

얼마 뒤엔 다시 신학교로 가겠구나

첫눈

가을을 배웅하고
인적 드문 오솔길을 걸어
싸락싸락 그대가 온 줄 알았습니다

뜨거운 이마에
서늘한 기운 스치듯 지나길래
그대 손길이 닿은 줄 알았습니다

간밤에는 살면서 아팠던 일들
한꺼번에 들이닥쳐
놓을 수 있다면 다 던져버리고 싶었는데

마음을 주었던 풍경처럼
그대가 내 안에서 멈추어 있었습니다

숲이 은회색 머리칼을 넘겨도
떠나지 못한 풀들을 위해

휘파람을 불어주는 그림이었습니다

내 손바닥에 입술을 대었던가요
생명줄 위로 새들이 날아오르고
가을이 편대를 지어 붉게 울어도 좋았습니다

그대가 온 줄 알고
눈을 떠보니 첫눈이 먼저 와 있습니다
발자국 하나 없이
겨울이 문지방을 넘고 있습니다

먼 데 그 불빛

너의 귓불이 쓸쓸하다
스며들고 지나치던 소리들이 남아
저렇게 매달려 있는 걸까
너를 스쳐 내게로 오던 기차가
저만치 아득해지도록
터져나오려는 기침 누르다
불빛 깜빡이며 사라져가면
기를 쓰고 가렸던 환부가 뜨겁다

거듭된 상처에서 꽃이 핀다고
희고 붉고 노엽고 투명하게 피어
슬픔이 슬픔을 알아본다고
그리고 또 무슨 말을 휘청휘청
꺼내었던가 전염병처럼
외로움이 외로움의 손목을 놓아버리고
고꾸라질 듯 골목을 돌아나가면
빈 그네에 묶여서 쿨럭이는

먼 데 그 불빛이 서럽다

연초록 그대가

여기 좀 봐

봄이 오네

그대를 만나고 집으로 돌아오다가

죽어가던 별들이

어느새 강둑 위로 돋고 있는 걸 보았습니다

겨우내 꽝꽝 얼어붙어

무엇 하나 심지 못할 줄 알았는데

봄햇살 같은 당신 눈빛이

엎드려 있던 봄을 일으키고

풀씨 한줌 제 가슴에 뿌려놓을 줄이야

돌아와 얼굴을 씻다가

그대가 바로 봄이란 걸 알았습니다

연초록 웃음 펑펑 쏟아지는

그대의 숲을 맨발로 달리고 싶습니다

세상에 온통

입을 맞추는 저녁입니다

마음의 뒷골목

여기인가보다

내 오랫동안 아팠던 곳이

예서 성장이 멎고 몸을 틀어

서쪽으로만 가지를 뻗었나보다

공포와 폭력이 늪처럼 이어지던 날들

질린 채 바라만 보고 서 있던 시간도

더는 자라지 않고 그대로이다

붉은 새 주둥이처럼 벌어진 채

딱지 앉은 마디마디

무심히 커버리려고

얼마나 죽을힘을 다했는지

누군들 굽이굽이 돌아보기 싫은 기억을

진저리치며 안고 가지 않을까마는

늘 여기서 나는 치이고 패이는구나

심장에 박힌 상처는 원래 드러나지 않는다

눈이 오구요

가보지 못한 곳마다
눈이 오구요

만나지 못하는 사람들 깨어
산수유 붉은 열매로 와서 박힌
해 지난 사랑 떠올리구요

겨울이 오긴 왔나요
허리까지 푹푹 빠지는
폭설 속에 함께 갇히고 싶던
황금등불 환하게 켠
은행나무의 시절도 지나왔네요

끊긴 길 위엔 끊긴 사람들만
불 위에 올려진 빈 냄비처럼
타닥타닥 타들어가구요

당신의 들판에 눈발이 날리면

별들의 이마가 어두워지나요

나도 당신을 덮어주고 싶었어요

덕순이

고등학교 원서를 쓰던 가을
덕순이가 쓰게 웃었습니다
고등학교 갈 돈이 없어서
공장에 간다는 말에 기가 막혀서
어둠이 덮치도록 빈 교실에 앉아 있었습니다

산업체 고등학생이 되어 덕순이는
공장을 마치면 우리 반 복도에서
단어장을 들고 자율학습이 끝나길 기다렸습니다
다가가 말 붙일 수도 없게 입 꽉 다문 채
꼿꼿이 자존심을 지키며 서 있었습니다

내가 줄 수 있는 건 책상에 올려놓는
보름달빵 정도였지만
덕순이는 용케도 내 자리를 찾아서 앉곤 했습니다

책상 서랍 속에 쪽지가 들어 있기라도 한 날이면

참고서 잘 썼다는 한 줄의 글에

나는 기나긴 답장을 써서 넣어두곤 했습니다

누구는 너무도 당연하게 누리는 일이

또다른 누구에게는 최악의 상황에서도

결코 놓을 수 없는 목숨줄 같다는 걸

파르르 떨리던 촉촉한 속눈썹과

다부진 입 매무새를 꼭 닮은

덕순이 딸도 아마 제 엄마처럼 야무질 거라고

선뜻한 가을이면 날이 선 희망에 대해 생각합니다

철둑길 옆 문간방

의정부 와서도 몇번째 옮긴 방이었을까
저녁햇빛이라도 기웃거려주지 않으면
지린내와 악 쓰는 소리 그치지 않던
주린 뱃속 같은 골목은 내게
축축한 검은 동굴로만 기억되었을 거다

방금 들어간 저 계집애도
툭 치면 쏟아질 것 같은
엄마의 슬픈 눈이 두려워
빨리 어른이 되고 싶을까

세게 불면 폭삭 내려앉을지 모를
저 집에 아직도 누가 사네
빨랫줄에서 어금니 으스러져라
꽂꽂이 얼며 마르는 빨래처럼

참 따뜻한 손

내가 울고 있는데
다섯 살 서연이가 다가와
이모 울지 마
눈물을 닦아줍니다
해당화 송이만한 손으로
토닥토닥 내 등을 만져줍니다

서러운 세상살이 보다 못한
하느님이 집집마다 아기들을 보내셨나봅니다

가을날 민들레

가을인데도 모지리같이
민들레 피었습니다
잃어버린 단추만하게 피어
들릴 듯 말 듯 여윈 목소리
먼지로 떠다니던 그리움들이
씨방 속에 숨어 있다 에돌아왔는지
가을에 핀 봄꽃은
유난히 쓸쓸합니다
너무 늦게 알아버린 사랑처럼
10월의 손등 위에 민들레 앉아 있습니다

네가 다 가져가라

잎들이 부딪쳐 푸른 불꽃을
타다닥 꽃대 위로 올리던 날
버리고 싶지 않았던 애착이 간다

평생 진저리치며 살아온
부부처럼 등을 대고 누운 자리가
흙바람 스산한 임자 없는 무덤 같은
한 철이 지나간다

열매를 키우지 못한 나무들은
하늘로 기어오르다 곤두박질하고
꽃들이 거쳐간 자리마다
붉은 나비들 날아오른다

가여워 나는 떨어진 꽃을 차마 밟지 못하고

사춘기

그때 나는 광기와 거짓말 속에서 살았다

언제나 이유 없이 두들겨맞고서도

가출할 용기조차 없던 내가

이불 안에서 토해낸 목쉰 저주만 자욱했다

밀항선을 탄 사람처럼

시꺼멓게 웅크린 나날이었다

엄마가 새벽부터 밤까지 공장에서 살았지만

나아지는 건 없었다

훔치고 싶었다 정다운 저녁

밥상 둘레로 머리 맞대고 앉은 가족과

무엇보다 일하는 아버지를

대학에 들어간 언니는

무서운 노래를 들었다

—두부처럼 잘리워진 어여쁜 너의 젖가슴

형사가 다녀가고……

교련시간 광주 얘기를 하며

폭도들은 모조리 쐬죽여야 한다던

그 선생의 번들거리는 얼굴을 후려치고 싶었다

언니의 편이었으므로 살이 떨렸다

등이 춥고 결렸지만

아무도 내게 말을 걸지 않았다

들꽃을 보냅니다

무리지어 살기에
아름다울 수 있다
서둘러 피면 어떻고
저물녘 느지막이 피면 어떠랴
어디서나 어울려 피지만
아무렴 어떠랴
되묻지 않고 도망치지 않고
산모퉁이 보아주는 이 없어도
혼자가 아니라서 반갑다
착한 사람을 닮은 꽃

슬픔을 건너온 소리

슬픔을 건너온 가지마다
오카리나 소리가 나네

마지막 떠난 새가 숨겨놓았나
푸른 물방울이
당신 눈동자에 머물다 가네

손끝의 떨림을 기억하는 사람에게서
향기 맑은 오카리나 소리가 나네

흔들리는 집

아파트촌 전봇대에 까치가 집을 짓는다
나무들도 영구임대가 안 되는지 기를 쓰고
얼기설기 물어나르다 떨어뜨린 쓸쓸한 흔적의 삭정
이들
자고 나면 한줌씩 빠져 대머리가 된 고단한 가장 같다
늘어난 식솔의 수만큼 줄어든 생을 끌고 가는
까치의 날개에서 오른손 셋째손가락에 배인
누런 담뱃진 냄새가 난다
숲의 기억은 잘려나가고 감전당한 어린것들 소식도
집짓기를 멈추게 할 수 없다
만장 같은 밤이 펄럭이면 저기서 나고 자란 새끼들
제 애비를 모른다 할 것이다
까치의 부리가 걱정되었다

특별구역 해제

너는 내게 특별한 사람이었다
너에게로 피고 지는 시간을 가꾸며
나도 5월의 나무가 되어
햇빛이 닿을 때마다 수줍었다

아기 숨소리처럼
따뜻하고 예쁜 잎들을 달고
너를 바라보고 있으면
내 얼굴도 반짝반짝 빛났을 것이다

특별구역 해제!
이제 너도 가끔씩 가슴 얼얼한 옛 편지처럼
여느 사람들 틈으로 돌아가겠지
울타리를 부수면 모든 집은 길이 된다

celsis

컴맹인 내게 동생이 아이디를 지어주었습니다
어릴 때 성탄이면 입 동그랗게 모으고
두 볼이 붉어지도록 열심히 부르던 〈글로리아〉 중에서
하늘이란 예쁜 뜻의 이름을 지어주었습니다
하늘의 마음으로 살아가라고
언제나 하늘이 내 안에 있다는 걸 기억하라고
celsis, 발음도 상큼한 이름을 붙여주었습니다
파란 운동화를 신고 걷는 것처럼 파릇파릇했습니다

귀성열차

어디일까

슬픔이 머물지 못하고

흐르다 자정 넘어서야

다다른 간이역은

지상에 땅 한 평 가지지 못한

날품팔이 젊은 아비와

덜컹이는 구석에서

젖을 물리는 어미의

희망이 발 구르며 기다리는

종착역은 어디일까

단꿈을 꾸는지 방긋거리는

아기를 닮은 새해의 눈꽃

3부

사람이 꽃보다 아름다워

단 한 번일지라도

목숨과 바꿀 사랑을 배운 사람은

노래가 내밀던 손수건 한 장의

온기를 잊지 못하리

지독한 외로움에 쩔쩔매도

거기에서 비켜서지 않으며

어느 결에 반짝이는 꽃눈을 달고

우렁우렁 잎들을 키우는 사랑이야말로

짙푸른 숲이 되고 산이 되어

메아리로 남는다는 것을

강물 같은 노래를 품고 사는

사람은 알게 되리

내내 어두웠던 산들이 저녁이 되면

왜 강으로 스미어 꿈을 꾸다

밤이 길수록 말없이

서로를 쓰다듬으며 부둥켜안은 채

느긋하게 정들어가는지를

누가 뭐래도 믿고 기다려주며
마지막까지 남아
다순 화음으로 어울리는 사람은 찾으리
무수한 가락이 흐르며 만든
노래가 우리를 지켜준다는 뜻을

대숲에 서면

사는 일이

꿈을 찢기고 지우는 길이었다면

서슴없이 겨울 대숲으로 오라

시퍼런 댓잎 사이로

불어오는 짱짱한 칼바람이

꼿꼿하게 언 몸뚱이를 후려치거든

그 자리에서 무릎 꿇고

잃어버린 것들을 찾아라

연하고 부드럽게 올라오는 희망으로

제 속의 더러운 욕망을 모두 비워야

단단한 정신으로 울울창창 하늘을 찌르리니

굽고 뒤틀린 삶이 맨 처음

푸르게 꿈꾸며 찾던 길이 아니었다면

그대, 폭설이 세상을 뒤덮는 날

주저 말고 대숲으로 오라

등

등을 보이고 한 사람

버스를 기다리고 서 있네

밤하늘이 내려와

지친 저 등에 기대기까지

기다리는 것들은

정류장마다 토큰 하나의 쓸쓸함으로

진이 빠질 무렵에야 찾아오는 걸까

버스가 멎고 총총히 돌아서는

한 사람 한 사람 서글픈 등허리에서

한 뼘 두 뼘 자라난 팥알만한 불빛들이

서울의 거리마다 등을 켜네

나지막이 사랑하려면

서너 발자국 뒤에서 등을 보아야 하리

모처럼 서울 하늘로 찾아든 별들이

조용조용 어깨에 내려앉을 때까지

켜졌다 꺼졌다 네온사인 흔들리고

그 아래서 사람들이 등 돌리고 서 있네

눈과 입이 없어도

등으로 말하며 그대와 내가 서 있네

나는 언제나

내 노래를
아무도 들어주지 않는다 해도
나는 언제나
이 자리에서 노래 부르리

내 사랑을
그대가 알아보지 않는다 해도
나는 언제나
그대를 위해 꽃을 보내리

어쩌면 사람들 모두
보이는 것만 믿는다 해도
내가 아는 희망은
보이지 않아 더욱 빛나네

세월을 아프게 건너간
사람만이 누릴 수 있는

희망이나 사랑은

저문 강을 건너는 소리 같은 것

아무도 내 얘기 귀 기울이지 않아도

새 잎이 움트고

산동네에 별이 뜨는 한

나는 언제나

그대의 맑은 꿈이 되어 함께 살겠네

사랑이 와서 그대를 깨울 때

사랑이 와서
그대를 깨울 때
맨발로 걸어나오렴

새하얀 풀꽃이
그대 발목에 닿으면
다시 사랑이 시작되는 거야

새들이 다녀간 나뭇가지가
떨리는 건
다쳤던 마음들이
새잎을 감싸며 물들기 때문이야

사랑한다는 건
온 우주를 끌어안는
기나긴 여행이라는 걸

나는 그대에게

내게로 오는 커다란 길을

활짝 열어두고 싶었네

사랑이 와서

그대를 깨울 때

꿈이 이끄는 소리 따라

천천히 걸어나오렴

그늘

드리워진 그곳에 꽃이 피지 않아도
오래도록 새 한 마리
머물지 않아도

노래를 잃은 시인의
흔들리는 눈빛처럼 밤새
물억새 먼발치에서 고개 숙여도

한 시절 밑바닥까지 쓰러져
무참한 기억 흉터로 남은 얼굴
슬픔 속에서도 빛이 난다

그늘 속에서 인생을 배우고
햇살 한 줄기의 따뜻함도 알기에
이미 돌아와 누군가를 위해
나지막이 불을 켠다

이 땅에서 떠나라

피를 부르는 양키들아

부메랑

—언론재벌에게 고함

너희가 휘두르는 대로
갈 길을 빼앗겨 끌려가줄까
끝없는 횡포에 온몸이 묶여
아무 말도 못 하는 우리가 되어줄까

얼마나 빼앗아야 너희가 멈출까
얼마나 가져야 너희가 솔직하게
사람을 말할 수 있을까

탐욕으로 얼룩진 야합의 시간과
진실을 사살한 잔인한 웃음소리가
부메랑처럼 반드시 돌아와
너희를 치리라

이제 더이상 짓밟히지 않는다
피맺힌 통곡들이 침묵을 찢으며
너희의 최후를 부릅뜨고 보고 있다

발포명령

시간이 지나도 눌러놓은 스프링처럼
순식간에 후려칠 듯 튀어나온다
하나의 기억이 조건반사처럼
그림자 속에서도 목덜미를 움켜쥔 채
친친 흑자줏빛 밧줄을 감는다

능멸 뒤의 분노까지 의도되었던 것은 아닐까
밤마다 심장을 물어뜯는 노여움들을
어금니 깊숙이 밀어넣으면
헛되었던 기대들이 가시가 되어
모든 핏줄을 뚫고 나온다

머리가 새하얘지도록 활활 기억하겠다
고맙다 인간이 어디까지 잔혹한지 보여주어서

누이에게 13

한평생 구들장 신세 아버지에

이제는 해고자 남편까지

몸살 한번 맘놓고 날 수 없어

하루 종일 작업대에서 종종거리며

나날이 골병들어 기미 자욱한

9월의 쑥부쟁이 같은 누이야

딸년들은 내 팔자 닮지 말라고

돌아가신 어머닌들 바라지 않았을까

돌도 안 된 어린 것

모질게 떼어놓고 오늘도 공장으로 가는

네 마음이야 오죽하겠니

억척스레 잔업까지 마치고

돌아와 밀린 빨래 뚝딱 해치우고

미안해하는 남편에게 농담을 걸며

김치찌개에 소주 한 잔 나누는

눈물나게 씩씩한 일하는 누이야

두꺼비집

엄마가 부르러 오지 않는 아이들만 남아

공터에서 놀고 있다

하나 둘 집으로 돌아간 조무래기들

저녁상 물리기도 전에 아랫목에서

동그랗게 입 열고 잠이 드는데

두런두런 집집마다 불빛이 새어나오면

두꺼비집을 두드린다 헌 집 줄게 새 집 다오

봉긋한 흙 자꾸 다지면 가파른 언덕 오르며

엄마가 부르러 올 것 같아 두껍아 두껍아

순식간에 두꺼비집 위로 어둠이 겉옷을 던지면

아이들은 그만 확 두꺼비집을 뭉개버린다

내 영혼의 우주정거장

우포늪 갈대들 머리카락 몇 올 흘리고
급히 하늘로 올라간 저녁

잘 안다 믿었던 길은
변심한 애인의 눈빛처럼
표정이 달아나버려
숨이 꽈악 막힐 때까지
썩은 웃음을 던지곤 했다

부들부들 떨며 끌어안던 세상이
내게 정말 있었나
발톱 하나 빠진 걸
네 아픔까지 안다고 호들갑스레
떠벌린 건 아니었나

고인 물줄기를 물고 젊은 새들
하얀 제비꽃 흐르는 길이 되어가다

그만 잊혀진 채 녹슬어

입김 훅 불면 겨우 떠도는

내 영혼의 우주정거장 미르

겨울산행

저물도록 그리웠으나

돌아갈 곳 없는 가슴끼리

그믐달처럼 옅게 서로를 비추며

눈발 거세어지는 겨울산을 오른다

더러는 지난 시절을

푸른 능선 따라 침묵으로 마주하기도 하고

초행인 몇몇을 위해

발자국 깊게 찍으며

길을 내주기도 했다 매운 바람

언 뺨의 나무들을 뒤흔들고

먹물이 채 마르지 않은 겨울산은

바라만 보아도 물빛으로 번진다

그리워서 부르지 못했던

이름들 가지마다 매어단 눈꽃

두고 온 마을을 비출 때

발밑에서 와락 뜨거워지며

부서지는 살얼음 조각들

일제히 일어서는 겨울나무의 함성

끝까지 가보기로 한다

길 위의 사람들

얼마나 외로움에 지지 않아야
끝이 보일까
작은 바람에도 끌어안던 사람들
휘청이며 떠나고
찢겨진 벽보처럼 남아 그래도
돌아올 거야 내내 쪼그리고 앉아
어떤 날은
빗소리에 갇히기도 하면서

걸음마다 물집 터져 엉기도록
떠난 사람들을 부르다
얼마나 질기게 속울음 쟁여야
들풀마저 숨 거둔 나라
목이 쉰 시절도 물결이 되어
채 피지 못하고 스러져
잊혀지며 젖고 있던 이들까지
몫몫이 별빛으로 찾아올 수 있을까

바다를 제 속에 담기 위해

숱한 밤 꼬박 매 맞으면서

볼품없는 소라껍데기 하나

미어지도록 참고 비워내는 것처럼

함박눈 내리는 밤에

이 편지가 도착할 때면
흩날리던 진눈깨비도
봄날의 사과꽃잎처럼 나붓나붓
네 속눈썹에 입맞추리라

거리마다 몰아치던 바람도 멎고
우리 쪼그라든 가슴에도
언 강물 속을 누비는 물고기떼의
푸른 종소리가 찰랑찰랑 울리리라

결핍이 우리를 길렀지
너에게 첫 편지를 띄우며
만나서 하지 못한 말들로
우리 얼마나 터질 듯 간절했었나

몇몇은 이사를 하듯 먼 길 가고
또 몇몇은 돌아와 모닥불을 지폈지

정말로 아픈 사람은 아프다는 말을 못 하듯이
이젠 슬픔도 몸의 일부처럼 익숙해졌는데

함박눈이 내리면 너에게 가리라
지친 언 발에 말없이
눈물 떨구면
막막하게 굳어진 네 발등에 희망이 번질까

스물다섯의 해바라기

그리움이 썰물처럼 비워져 나간 날에도
이글거리는 목이 긴 해바라기를 그린다
나이 먹는 일이
절망을 넘겨다보며 흔들리는 거라면
나는 너를 사랑하지 않았다

겨울들판에 뿌린 씨앗들
언 땅 부수고 발돋움하다가
몇 개의 계절을 넘으면
새떼를 끌고 저문 하늘을 메우며
고개 번쩍 든 해바라기가 출렁인다

보란 듯이 꽃잎의 실핏줄마다 노래를 새겨
목울대 터지도록 가을을 뒤덮으라

불 꺼진 집

늦은 밤 내 발소리가 깨우지 않았다면

어둠만이 밤새 거인처럼

웅크리고 있겠다

돌아와 불이란 불은 죄 켜고 숨돌릴 때까지

벗어놓고 급히 나간 허물 같은 옷가지랑

던져진 신문은 무슨 말을 했을까

밥통에 말라붙은 밥알처럼 딱딱하고 씹기 힘든

하루도 겨우 넘겼구나

소라게처럼 나도 집 한 채 지고 살아간다

그러다 네가 오면 나를 위해 환히 불을 켜는

집 불안한 내 영혼의 집

너는 사랑으로 빛나는 얼굴
— 혜화동 대건관에서 기도하는 신학생들에게

너는 사랑에 빠진 얼굴
사랑의 향기를 발설하지 못해
온몸이 근질근질한
산노루처럼 반짝이는 눈동자

무겁고 어두운 기운이 걷히고
손톱으로 살짝 튕기면
물방울들이 실로폰 소리처럼
봄의 건반 위를 달릴 것만 같아

사랑은 아무리 숨기려 해도 감출 수 없어
모든 것들을 활짝 피게 하지
사랑으로 생명이 제 이름을 갖고
사랑으로 사람이 눈부시게 피어나네

너는 사랑으로 빛나는 얼굴
눈빛 닿는 곳마다 가슴이 뛰고

거침없이 흐르는 노래로 용감해지네

꿈, 혹은 사랑의 방향

곽재구(시인)

1

90년대 후반의 일로 기억된다. 인사동의 학고재 화랑에서 작가회의 회원들이 중심이 된 시화전이 있었는데 그 뒤풀이 장소에서 정지원이라는 이름의 청년 시인을 만날 수 있었다. 눈빛이 강인하게 빛나는, 몸 전체에 흐르는 에너지가 보통 사람과 확연히 다른 젊은 시인이었다.

그가 지나간 대학 시절의 한 풍경에 대해서 내게 얘기했다. 내용인즉, 학생운동에 헌신하던 한 선배의 책가방을 우연히 들여다보게 되었는데, 그 속에 쇠사슬 한 뭉치와 시집 한 권이 들어 있었노라 했다. 군사정권의 억압에서 몸과 영혼이 함께 자유로울 수 없었던 시절, 학생운동의 리더 격인 그 선배가 가방 안에 쇠사슬을 넣어가지고 다니는 것은 충분히 의미심장한 일이었다. 매일매일 가방을 여는 첫 순간마다 그 쇠사슬의 모습을 보며 그는 새로운 세상과 자유를 꿈꾸었고 그런 의미에서 그 쇠사슬의 모습은 자신의 영혼을 채찍질하는 순결한 무기의 모습일 수도 있었던 것이다. 문제는 함께 담긴 시집이었다. 선배가 그에게 이 시집을 읽었는가 물었고 존경하는 선배가 가방에 넣어가지고 다닌 시집이라는 의미만으로 그에게 이 시집의 존재는 특별한 것이었다고 했다. 그 시집을 읽어가는 동안 천천히 시의 세계에 발을 내밀게 되었고 결국은 자신의 운명을 시 쓰는 자의 길로 결정케 되었노라 했다. 그 시집의 제목이 '사평역에서'였다.

애기를 듣는 동안 좌불안석으로 그와 눈을 마주치기도 힘들었지만 마음 한구석에 행복한 감정이 전혀 없는 것은 아니었다. 예컨대 9할쯤의 부끄러움과 1할쯤의 서늘한 행복의 그늘이 있었으니 부끄러움은 「사평역에서」 이후 나의 시의 족적들이 지닌 허름한 빛이었고, 행복함이란 지나간 시절 우리 시가 지닌 참 보기 좋은 순정한 얼굴빛 때문이었다. 그랬다. 김수영과 신동엽, 김지하와

신경림을 거친 우리 시는 1980년대에 이르러 참으로 에너지 넘치는 시의 꽃밭을 이루어냈던 것이다. 파적이나 농월, 지적 유희의 모습이 아닌 세계를 변혁시키는 주체의 모습으로 시가 당당히 우리 삶 속에 들어섰으며 정상적인 문학 수업을 받지 않은 버스 안내양이나 미싱공, 청소부, 철근공……들이 자신의 세계를 대변한 시를 속속 발표했으니 정지원과 같은 피 끓는 학생들이 시를 대했던 마음의 뜨거움이야 오죽하였겠는가. 한없이 두렵고 힘든 그 시절에 우리 시가 따뜻한 친구처럼 곁에 있었음은 진실로 보기 좋고 행복한 시간들의 추억이었던 것이다. 그날 나는 정지원에게 선배의 가방 속에 든 쇠사슬보다 훨씬 강인하고 빛나는 시를 쓰라고 당부했다.

2

　정지원의 첫 시집에 담긴 시편들에는 지난 시절 우리가 겪은 시간들의 풍경이 고스란히 담겨 있다. 글쓰기에 소질이 있는 유년 시절을 보내기는 했으나 스스로의 운명이 글 쓰는 자의 운명이 될 것인지에 대해 확신이 없었던 한 영혼이 세계의 억압과 분노에 대해 눈을 뜨고

이에 대한 대응방식으로 시의 길을 찾아가는 모습이 선연하게 드러난다.

> 집단의 힘으로
> 진달래는 핀다
>
> 피어 함께 울고
> 함께 달려나가니
>
> 보라
> 4월 하늘은
> 찬연한 이 만남을
> 사랑이라 부르지 않는가
>
> ―「진달래」 전문

　모든 가능성의 문을 닫은 채, "집단의 힘으로 / 진달래는 핀다"고 노래하는 것이 이 시가 지닌 진실한 모습이다. 혼자 피어 서늘하게 바람을 만나고, 언덕 너머의 세상을 꿈꾸는 진달래는 이 시에 의하면 피어나는 것이 아니다. 함께 부둥켜안고, 함께 어깨동무하고, 페퍼포그 날리는 아스팔트 길 위로 함성과 함께 달려나갈 때 진정

한 의미의 진달래는 피어나는 것이다. 소월이 노래한
"저만치 혼자서 피어있는 꽃"과는 존재의 직립 방식이
틀린 것이다.

　　단 한 번일지라도

　　목숨과 바꿀 사랑을 배운 사람은

　　노래가 내밀던 손수건 한 장의

　　온기를 잊지 못하리

　　지독한 외로움에 쩔쩔매도

　　거기에서 비켜서지 않으며

　　어느 결에 반짝이는 꽃눈을 달고

　　우렁우렁 잎들을 키우는 사랑이야말로

　　짙푸른 숲이 되고 산이 되어

　　메아리로 남는다는 것을

　　강물 같은 노래를 품고 사는

　　사람은 알게 되리

　　내내 어두웠던 산들이 저녁이 되면

　　왜 강으로 스미어 꿈을 꾸다

　　밤이 길수록 말없이

　　서로를 쓰다듬으며 부둥켜안은 채

느긋하게 정들어가는지를

누가 뭐래도 믿고 기다려주며
마지막까지 남아
다순 화음으로 어울리는 사람은 찾으리
무수한 가락이 흐르며 만든
노래가 우리를 지켜준다는 뜻을
　　　　　　　　　—「사람이 꽃보다 아름다워」 전문

　안치환이라는 가수가 노래로 불러 널리 알려진 이
시는 지난 시절 우리 시가 찾은 한 순수한 영혼의 모습
에 다름아니다. 빼어난 감수성도 상상력도 동원되지 않
았지만 이 시에는 그 시대를 살아가는 젊은 영혼들이 꿈
꾸는 가장 소중한 직관의 세계가 살아 꿈틀거리고 있다.
함께 이 세상을 살아가는 사람. 지독한 외로움에 쩔쩔매
도 결코 그곳에서 비켜서지 않는 사람. 강물 같은 노래
를 마음 가득 품고 살아가는 사람. 누가 뭐래도 믿고 기
다려주며 마지막까지 다순 화음으로 어울리는 사람……
이런 사람들이 함께 어울려 사는 세상을 지난 시대의 청
춘들은 끝없이 갈구했던 것이다. 어찌 이보다 더 아름다
운 꽃의 이름이 존재할 수 있을 것인가.

사라진 길이 아픈 건 발자국 때문이다

애써 아무렇지 않은 척 건너가다가

마음을 헛디뎌 넘어진 날

나도 모르게 걸음이 먼저 찾아와

볕 잘 드는 그림 속에 머물던

흐르는 길 하나 있기에

길을 가다가 버려진

목소리에 귀를 연 적이 있나

돌아갈 수 없는 것들은 그대로 서서

나무가 되고 풀이 되고

그러다 자꾸자꾸 사무치면 흙이 되겠지

그리움이 맺히고 다져져 길이 된다

어디에도 마음 둘 곳 없어 서러운 날

온통 당신의 발자국 찍힌 나를 보여주고 싶다

—「사라진 길을 보았다」 전문

젊은 시인은 노래한다. 사라진 길이 아픈 건 발자국

때문이라고. 기실 자신이 남긴 발자국이 아픈지 어떤지 모르는 존재에게서 삶의 진보를 꿈꿀 수 없는 것이다. 자신이 걸어온 시간의 그림자 하나하나를 들춰보고, 그 목소리에 귀를 열어젖힐 수 있을 때 비로소 빛의 시간들이 찾아오는 것이다. 그 그리움들이 서로 맺히고 다져져 눈앞의 자랑스런 길로 일어서는 것이다. 이 교훈이야말로 지난 시절 우리의 젊은 청춘들이 그들이 쓴 시에서 얻은 훈장이고 한편으론 그들이 풀어나가야 할 문학적인 과제이기도 했다. 시가 역사의 현장에서 함성일 수 있지만 본질적으로 시 또한 아름다움을 꿈꾸는 예술의 속성을 외면할 수는 없는 노릇이므로.

노래를 잃은 시인의

흔들리는 눈빛처럼 밤새

물억새 먼발치에서 고개 숙여도

—「그늘」 중에서

마지막 떠난 새가 숨겨놓았나

푸른 물방울이

당신 눈동자에 머물다 가네

—「슬픔을 건너온 소리」 중에서

내가 울고 있는데

다섯 살 서연이가 다가와

이모 울지 마

눈물을 닦아줍니다

해당화 송이만한 손으로

토닥토닥 내 등을 만져줍니다

서러운 세상살이보다 못한

하느님이 집집마다 아기들을 보내셨나봅니다

　　　　　　　　　　　—「참 따뜻한 손」 전문

　눈에 띄는 대로 적은 인용 시편들에서 전제한 고뇌를 읽을 수 있다. 함께 핀 진달래의 모습으로 세계를 인식하지만 그 세계 속에서도 자신만의 시적인 아름다움을 직조하려는 시인의 본능적인 인식이 스며 있는 것이다. 이런 인식이 훨씬 구체적으로 따뜻하게 드러나 있는 경우가 「벙어리장갑 1」「벙어리장갑 2」와 같은 시편들이다.

　두레박처럼 긴 실이 매달린

　벙어리장갑 안에서

우리 식구 살았네

엄마는 식모 살러 서울 가고

중학생 언니가 어린 동생들 거두며

아부지 느닷없는 매찜질까지 끄윽끅

쪼그리고 연탄구멍을 이리저리 맞췄네

겨울이 오면 엄마는 자투리 털실로

벙어리장갑 세 켤레를 떴네

주전자물이 기차처럼 칙폭칙폭 끓어오르면

일 주일에 한 번 오는 엄마는

부지런히 뜨개질을 했네 당신 조끼를 풀러

요술처럼 목도리도 뜨고 덧신도 떠주고 갔네

동생과 나 눈뜨고 나면

빈 베개만 반달로 패여 단칸방 비추었네

> ――「벙어리장갑 1」 중에서

엄마에게 첫 편지를 쓰던 밤

내 언 발가락을 따스한 발로 비벼주며

이불 속에서 수선화처럼 언니가 웃었네

우리 지원이 글 참 잘 쓰네

그 한마디에 커서 글 쓰는 사람이 될 거야

첫 마음먹었네 노란 알전구 환하게 켜진

꿈의 방 들창 위로 함박눈 송이송이 쏟아졌네

잠든 사이 알록달록 내 벙어리장갑은

저 혼자 신났다고 눈을 굴렸네

뾰족 고드름 조로롱 물구나무설 때까지

―「벙어리장갑 2」 중에서

한 가족이 한 구들방 위에 누워 꾸는 꿈과 사랑. 문
학이, 시가 노래할 대상으로 이보다 더 소중한 꿈이 있
을 수 있을 것인가. 엄마는 일 주일에 한 번 집에 와 어
린 자식들을 위해 벙어리장갑을 떠주고 다시 일하러 떠
나고 반달로 패인 엄마의 빈 베개를 보며 아이들은 세계
에 대한 연민과 사랑을 익혀나가는 것이다. 그리고 그
엄마에게 편지를 쓰던 밤 언니는 수선화처럼 웃으며 동
생의 언 발가락을 자신의 따스한 발로 부벼주고…… 힘
들어하는 어린 동생에게 "우리 지원이 글 참 잘 쓰네" 하
고 얘기해주는 것이다. 그 말에 동생의 어린 영혼은 언
젠가 자신이 글 쓰는 사람이 될 거라는 꿈을 꾸고……
식구들이 잠든 모습을 지켜보며 혼자 남은 벙어리장갑
은 "뾰족 고드름 조로롱 물구나무설 때까지" 눈을 굴리
는 것이다. 아름답지 아니한가. 한 가난한 가족의 꿈은
엄마의 사랑 앞에서 새로운 세계에 대한 비전을 따뜻이

지니게 된다. 시가, 건강하고 아름다운 시가 지니는 꿈에 다름아니다.

　시 쓰는 자로서의 정지원의 운명은 이미 시작되었다. "사랑이 와서／그대를 깨울 때／맨발로 걸어나오렴"(「사랑이 와서 그대를 깨울 때」 중에서), "어쩌다 그대를 알게 되었나／잘라낼수록 제멋대로 자라나／출렁이는 잎 물결 철철／피투성이 심장을 삼키나"(「나는 그대를 모르네」 중에서)…… 시가 그를 찾아올 때, 그는 이미 맨발로 피투성이 심장을 삼키며 세계의 중심으로 달려나갈 수 있음을 스스로에게 주지시키고 있다. 그의 앞길에 불확실한 시의 길 때문에 방황하고 마음 아파할 시간들도 충분히 있을 것이다. 그러나 그가 처음 자신의 시에 대해 묻고 답변한 시간들을 떠올린다면 이러한 고통들은 오히려 생의 따뜻한 선물이 될 수도 있을 것이다.

　　역사의 중심이 어디서 시작되는지
　　물기둥 뿜어내는 시원을 찾아 걸어갈 때
　　몸부림칠수록 고통이 헤집고 박혀와
　　시퍼렇게 질려 생을 마칠지라도
　　나는 세상의 수많은 폭포수들이

일제히 쏟아지는 장엄한 그 시간을

똑바로 쳐다보며 기다리겠다

　　　　　　—「내 꿈의 방향을 묻는다」 중에서

　선명하고 당당하지 아니한가. 아주 가까운 우리 시의 역사에 이런 도저한 청춘들의 외침이 있었다는 것은. 그 외침이 오늘 우리 시의 한 모습으로 우리의 심장 안에 늘 부끄럽고 따스한 모습으로 스며 있다는 것은.

　"내 노래를/아무도 들어주지 않는다 해도/나는 언제나/이 자리에서 노래 부르리……"(「나는 언제나」 중에서) 함께 시를 써온 선배의 한 사람으로 이러한 선언을 듣는다는 것은 늘 가슴 벅찬 일이다. 정지원의 힘찬 시편들이 우리 시의 언덕과 꽃밭을 더 풍성하게 하고 또한 그 꽃밭 한가운데 오래 머무르기를 기원한다.

세상을 여는 힘

아름답게 사는 방법을 찾아왔다. 새벽 과수원 샛길을 걸으면 나를 따라서 하얗게 떨어져 달려오던 배꽃들. 그렇게 시가 찾아오고 시인이 되는 줄 알았다.

시가 찾아왔던 것인지, 혹 내가 시가 담긴 삶을 막막한 심정으로 골목을 누비듯 두리번거리며 찾아다녔는지는 정확히 모른다.

시는 나에게 매혹적이지만 차가운 마음을 가진 아픈 연인이다. 끌어안으면 타죽을 듯 뜨겁지만 돌아서면 소름 돋게 냉정했던 시 때문에 혼자 외롭고 혼자 기뻐하면서 십 년이 넘었다.

나에게 시는 힘찬 생명력을 담아내고 싶은 나의 바람이 사는 집이다.

언뜻 보면 주저앉아 결코 일어서지 못할 것 같은 억눌린 사람들의 힘겨운 숨 속에 생명을 향한 끈질긴 노래가 있었다. 거대한 자본 앞에 스러지듯 흔적 없이 소멸해가는 가난한 사람들과 아름답다고 말하기엔 너무 혹독한 그 불안한 삶을 나는 버릴 수 없었다.

아무도 대접하지 않는 그들의 손으로 내 손을 따뜻하게 덮었던 일들이 내게 사람답게 사는 것이 어떤 것인지 가르쳐주었다.

누군가 내 시를 90년대를 회고하는 후일담으로 이야기했던 것을 보았다.

글쎄, 정직하고 성실한 사람들이 아무리 몸부림쳐도 갖지 못하는 희망이 저렇게 무참히 짓이겨지고 있는데, 멀쩡한 생명이 조롱당하고 처박히는 이 오욕의 땅이 저리 노엽게 부르짖는데, 어떻게 다 지나온 이야기라며 한가로이 후일담처럼 시를 쓸 수 있을까.

전쟁과 죽음의 공포 속에서도 제 아이를 품에 안고 귀를 막아주며 젖을 물리는 세상의 어머니 같은 시를 쓰고 싶다. 내 서툰 몸짓에도 어떤 아이는 천상의 배냇웃음을 사방에 꽃피우며 잠들지 모르니까.

나는 시가 나를 길러낸 내 어머니와 그 삶을 존중하며 당당하고 의연하게 살아가는 사람들이 만나는 꿈의 깃발이 되었으면 좋겠다.

시가 부르길래 내가 그 속으로 갔다고 말하고 싶지만 사실은 아니다.

나는 학생운동을 하며 시를 만났다. 여러 사는 모습들 가운데 다른 삶들을 무조건 배제하거나 외면하지 않겠다는 다짐을 했던 것도 그즈음이었다. 그후에도 나는 아름다운 사람들을 잊지 않으려 매일 피 흘리듯 나를 학대한다.

내가 혹시 변해서 내 가진 재주로 편안해질까 경계했고 기득권자들의 집단적인 침묵 앞에 나도 모르는 척 합세하여 비겁해질까봐 시를 쓴다.

시가 나에게 찾아올 때의 설레임을 내 시를 읽는 사람들에게 전하고 싶다. 그 기운으로 세상과 맞서며 살아가는 사람들의 힘없이 기울어진 어깨가 활짝 펴지고 그들의 움직임에 힘이 실린다면 나는 시를 찾아가는 내 외로운 작업을 계속할 수 있다.

시는 나를 일으켜세우고 세상을 일으켜세운다. 서로 부둥켜안고 손을 당겨 심장이 뛰는 소리를 벅차게 들을 때 사람이 사람을 해치지 않고 존엄하게 받드는 날들이 펼쳐질 것이다.

시는 내가 아름답게 사는 방법이다.

정지원

1970년 서울에서 태어났다. 1991년 '오월 문학상' 시 부문에 당선했으며, 1993년
노둣돌 통권 3호로 작품활동을 시작했다.

내 꿈의 방향을 묻는다

ⓒ 정지원 2003

1판 1쇄	2003년 6월 19일
개정판 1쇄	2004년 4월 26일
개정판 2쇄	2008년 2월 29일

지 은 이	정지원
펴 낸 이	강병선
펴 낸 곳	(주)문학동네
출 판 등 록	1993년 10월 22일 제406-2003-000045호

주 소	413-756 경기도 파주시 교하읍 문발리 파주출판도시 513-8
전 자 우 편	editor@munhak.com
전 화 번 호	031) 955-8888
팩 스	031) 955-8855

ISBN 89-8281-817-0 02810

www.munhak.com

문학동네 시집